CB077726

NA CORDA BAMBA

NA CORDA BAMBA

BAMBA NA CORDA BAMBA NA CORDA BAMBA NA CORDA BAMBA NA CORDA

Bem-Te-Vi

DA BAMBA NA CORDA BAMBA NA CORDA BAMBA NA CORDA BAMBA NA CORDA BA

NA CORDA BAMBA

Introdução

HELOISA BUARQUE DE HOLLANDA

NA CORDA BAMBA NA CORDA BAMBA NA CORDA BAMBA NA CORDA BAMBA NA CO

Poesia CACASO

Conceito JOSÉ JOAQUIM SALLES
Imagens
Design

Computação TOMÁS SALLES
Imagens
Design

Índice

BAMBA NA CORDA

Editoras responsáveis
Vivi Nabuco
Lucia Almeida Braga

Editora executiva
Lélia Coelho Frota

Assessoria jurídica
Manoel Nabuco

Editora
Bem-Te-Vi©

Produção gráfica
Gustavo Franck

José Joaquim Salles ©
Tomás Salles©
Pedro Landim ©

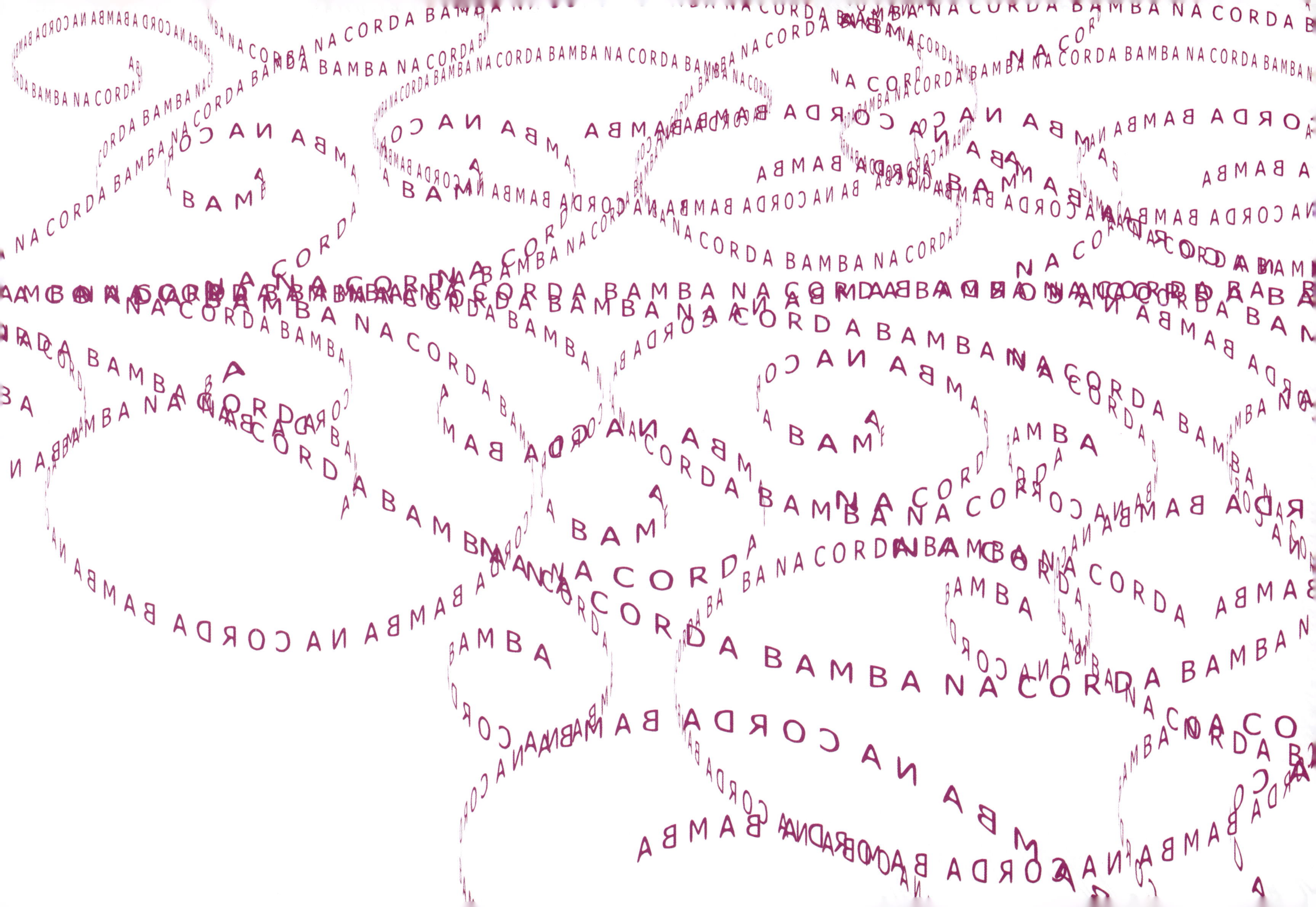
NA CORDA BAMBA

FALANDO SÉRIO

SOBRE NA CORDA BAMBA & OUTROS LIVRINHOS

HELOISA BUARQUE DE HOLLANDA

Saudades do Cacaso. Volta e meia, a propósito de qualquer coisa, a gente se lembra dele. Foi num sábado, dois dias depois do natal de 1987, que ele morreu manso, sem aviso prévio, enquanto escrevia mais um poeminha. E desde então, lá se vão mais de 15 anos de imbatível presença. Uma presença forte, que teima em não desaparecer do panorama poético desse século XXI e que se firma como referência marcante para os poetas novíssimos. A lembrança de Cacaso, poeta tempo integral, letrista prolífico, parceiro de Edu Lobo, Francis Hime, Sueli Costa & Nelson Angelo, exímio desenhista, professor universitário, ensaísta e principal articulador e teórico da poesia marginal, aquela produzida semi-clandestinamente em mimeógrafo e craque em driblar a censura, pode talvez ajudar na compreensão de sua permanência definitiva em nossa cena cultural.

Cacaso foi, antes de mais nada, personagem totalmente singular numa hora em que a poesia foi eleita como a forma de expressão predileta da geração que experimentou, de forma cabal, o peso dos anos de chumbo. Num certo sentido, Cacaso nos colocou uma armadilha interessante: pensar sua poesia sem pensar na sua vida é *quase errado*.

Sobre a personagem Cacaso, que começava insofismavelmente no *lay out* que criou para si próprio, não posso evitar de citar Roberto Schwartz que, com argúcia, fez o desenho mais definitivo que temos do poeta (e como pára-efeito, também de sua poesia): "A estampa de Cacaso era rigorosamente 68: cabeludo, óculos John Lennon, sandálias, paletó vestido em cima de camisa de meia, sacola de couro. Na pessoa dele, entretanto, esses apetrechos de rebeldia vinham impregnados de outra conotação mais remota. Sendo um cavalheiro de masculinidade ostensiva, Cacaso usava a sandália com meia soquete branca, exatamente como era obrigatório no jardim-de-infância. A sua bolsa a tiracolo fazia pensar numa lancheira, o cabelo comprido lembrava a idade dos cachinhos, os óculos de vovó pareciam de brinquedo, e o paletó, que emprestava um decoro meio duvidoso ao conjunto, também".

Sabidíssimo, meio interiorano, meio irônico, ressabiado, conseguindo manter uma ambigüidade cortante, Cacaso foi fiel a esse personagem em todas as situações. Como poeta, como professor, como letrista, como amigo.

Ambigüidade que se traduz também num originalíssimo cruzamento de intenções através do qual experimenta, em seus poemas, o alcance formal de problemas teóricos com os quais estava trabalhando no momento. Uma estratégia curiosa que, com

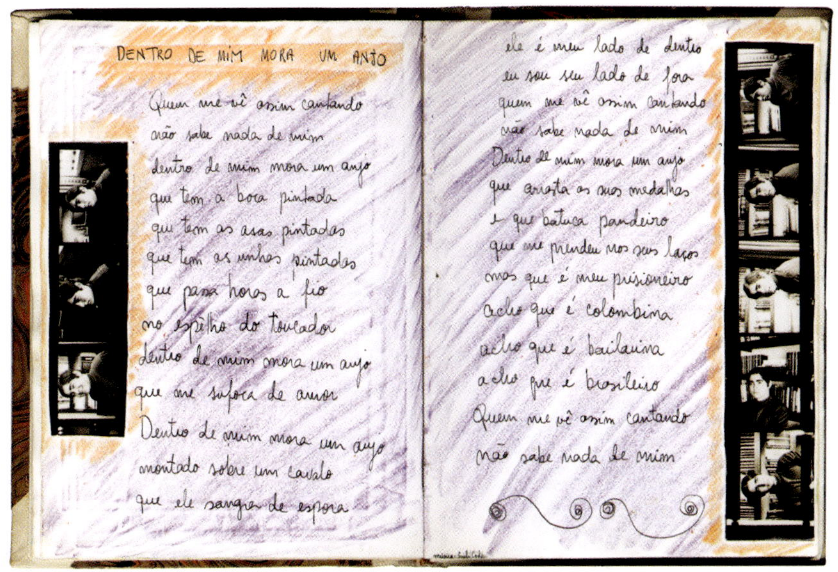

Além dos livros publicados, existem inúmeros caderninhos inéditos do poeta, como este e os das páginas seguintes.

Arquivo da família de Cacaso.

maior ou menor intensidade, percorre grande parte seus poemas. Quando escreve, por exemplo, o poema "Na corda bamba":

Poesia
Eu não te escrevo
Eu te
Vivo

E viva nós!

um poema que, à primeira vista, poderia ser classificado como um versinho "rápido e rasteiro", Cacaso mostra o que seria o traço distintivo do conjunto de sua obra. Em "Na Corda bamba", o poeta não estava na certa defendendo uma posição ingenuamente vitalista nem mesmo pregando a gratuidade como valor poético. O poema, que tornou-se um de seus *best sellers* e foi dedicado a Chico Alvim, tem um sentido bem mais fino e ácido do que aparenta. Cacaso era um aplicado teórico tempo integral. A questão que levanta aqui - a *gratuidade* como ponto de partida e pressuposto da criação artística – é, na realidade, um problema que perpassou vários estudos do crítico-poeta. No artigo "Alegria da casa", de 1980, diz: "O modernismo, para quem a criação é igual à realização, em ato, de um ideal, é portanto um esforço empenhado em prol da *gratuidade* , da autonomia das coisas e dos valores, um jeito de constranger para que a espontaneidade pudesse aflorar sem constrangimento, o que em si já configura um paradoxo".

Voltando ao emblemático poema de Cacaso, tudo indica que a aparente *gratuidade* proposta no poema coloca em pauta a contradição que inevitavelmente se esboça quando nos aproximamos de um poema "autenticamente marginal". Ou seja, quando o poeta marginal propõe uma quase coincidência entre poesia e vida, essa proposta poderia, no limite, resultar no desaparecimento da própria poesia. É a produção poética literalmente *na corda bamba,* na qual o poeta marginal consegue equilibrar-se quase sempre com alguma dificuldade. Um caminho difícil e conflituado que pode ser entrevisto na própria trajetória da obra poética de Cacaso.

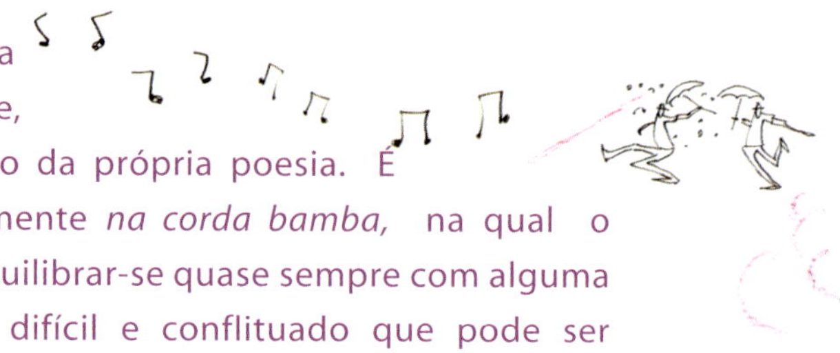

Em 1967, Antonio Carlos de Brito lança *A Palavra Cerzida*, um livro ainda muito tímido e dentro dos padrões literários do momento. Já *Grupo Escolar* (1974), uma edição que já traz a marca da produção coletiva e semi-artesanal, mostra o poeta pressentindo outros caminhos, já identificado com o grupo que integra a "Coleção Frenesi", Chico Alvim, Geraldinho Carneiro e Roberto Schwartz. A partir de 1975, com *Beijo na boca* e *Segunda classe*, Cacaso começa a abandonar, com mais decisão, o tom elevado e começa um duro trabalho de desrepressão da linguagem que vai se consolidar definitivamente em *Na corda bamba* (78) e pouco mais tarde em *Mar de mineiro* (82). É interessante registrar que só em 1978, com a publicação de *Na corda bamba*, é que Antônio Carlos de Brito passa a assinar Cacaso, definindo um claro *turning point* em sua carreira como poeta. É dessa época a intensificação de seu contato com os poetas mais novos, do grupo Nuvem Cigana, como Charles, Chacal, Luiz Olavo Fontes, João Carlos Pádua, Guilherme Mandaro, Ronaldo Santos, Bernardo Vilhena e outros. É também dessa época sua performance como o teórico e maior aglutinador da poesia marginal, articulando projetos, coleções, interpretando, criticando até "explicando para os poetas o que eles estavam fazendo" como lembrou Charles em recente entrevista. Nessa mesma época, começa a releitura sistemática do projeto modernista e a escrever seus ensaios mais complexos sobre o novo "surto poético" que fazia a cena dos anos 70. Exemplares são os artigos "Tudo de minha terra", "26 Poetas

CASA DE FAMÍLIA
(uma toada brasileira)
FOTO-ROMANCE
• SEXO • DINHEIRO •
• PAIXÃO • SANGUE • PERFÍDIA •
• INTERÊSSE •
- RIO DE JANEIRO - DEZEMBRO DE 79 QUASE 80 -

Pra renascer todo dia
pra descobrir o compasso

o cachôrro
o áu-áu ...
o sapo ...
"tava o sapo cururu
tava a rã e tava a gia
tavam todos preparados
pra fazer a putaria
O sapo de mais sabido
foi pra trás da melância
preparar um metro de pico
pra meter no cú da gia"
rá - ná - ní
rá - ná - ní

hoje", "Coleção Capricho" ou mesmo o "Poeta do Outros", estudo inacabado sobre Chico Alvim. Incansável, Cacaso colocava a poesia marginal em perspectiva, punha questões em marcha, denunciava as mazelas da vida literária e acadêmica como na polêmica que alimentou sobre o estruturalismo, muito em voga naquela hora.

Foi ainda nesse período que começou a desenvolver seu grande *insight* sobre a poesia marginal, a tese do "poemão". Percebendo uma certa transitividade entre os autores, os assuntos e as atitudes, Cacaso começa a sistematizar a idéia de que cada poema marginal era, na verdade, parte de uma experiência mais geral e transcendente. Como se a poesia de cada um fosse parcela integrante de um mesmo poema maior, um poemão, que todos estivessem escrevendo juntos e cuja matéria era a experiência do período da repressão. *Insight* que desenvolve com mais cuidado no artigo que deixou inédito sobre Chico Alvim. Dizia Cacaso: "Houve um momento em que a poesia tornou-se um banquete de todos" E observa como nesse movimento de produção, o peso maior é do coletivo, o que traz como contrapartida uma notável desindividualização da autoria, na qual o grande lugar-comum poético foi o poema curto, de registro direto e breve, em tom coloquial.

Essa questão da não-autoria e do poema curto foi experimentada diretamente em *Segunda classe* (75). Escrito durante uma viagem ao Rio São Francisco em parceria com Luiz Olavo Fontes, em *Segunda classe* nenhum poema é identificado como tendo sido escrito por este ou por aquele poeta, construindo meticulosamente um eterno disfarçar da autoria.

Ainda aproveitando esse gancho da importância da autoria coletiva em sua obra, é necessário não esquecer de suas diversas formas de parceria, não só enquanto letrista, mas também com os ilustradores de seus famosos livrinhos de poesia. Exemplos inesquecíveis são os desenhos infantis de seu filho Pedro em *Na corda bamba*, o desenho da Massoca em *Segunda classe* ou sua foto de matuto, de chapéu de palha, limpando a unha com um facão enquanto, feliz, pitava um cigarrinho em *Mar de mineiro*. Imagens com valor-texto, claramente produzidas e estruturadas no conjunto de cada livro.

Voltando às questões da poética marginal que não fogem da mira de Cacaso, quero ainda apontar os conflitos que se apresentam quando o poeta trabalha assumidamente com os valores ingenuidade, gratuidade e espontaneidade como pontos de partida de sua criação poética. No artigo "Alegria da casa", Cacaso lembra que Manuel Bandeira chamava atenção para a inexistência, na nossa poesia de inspiração nacional, do poeta matuto, aquele cuja obra se confundisse com o assunto e ambos com o sertão. São precisamente estes valores modernistas que seriam examinados e trazidos para a poesia de Cacaso num sentido bastante diferenciado daquele realizado pelo concretismo poucos anos antes. No caso de Cacaso, esse resgate revestia-se, muitas vezes, do caráter de intervenção cultural e mostrava um viés estratégico. A valorização do coloquial, do *fato* cotidiano, a sistematização do direito de errar como princípio mesmo da arte ressurgem agora com ênfase em interpretações visceralmente contextualizadas e historicizadas, definindo uma releitura, digamos, mais cultural do que literária.

Por outro lado, a ênfase na gratuidade e na espontaneidade, que tornaram-se bandeiras da produção marginal, apresenta seu lado paradoxal: a pressuposição inevitável do poeta como um ser simples, sem duplicidade, identificado consigo mesmo. O poeta matuto que Bandeira queria. Cacaso procura enfrentar esse conflito promovendo a difícil manutenção de um equilíbrio instável, quase imobilizante, em sua poesia. A prova mais eloqüente de solução deste paradoxo é *Beijo na boca*, um livro inteiro sobre o amor, curiosamente um tema não muito caro aos poetas marginais. Sobre isso, o pósfacio de Clara Alvim para a edição original de *Beijo na Boca*, é esclarecedor. Diz Clara: "A poética fundamental de *Beijo na boca* é a não escolha face à impossibilidade de opção – entre dois amores, entre dois poemas. Fiquem as duas namoradas, o passado não se ultrapasse, fique mais de um estilo; sobreponham-se e sucessivamente briguem entre si".

É precisamente esta negociação calculada com as bandeiras e com os paradoxos da poesia marginal que promovem a importância da aspereza e da ambivalência de textura na obra de Antônio Carlos de Brito, o Cacaso. Seja em suas letras de música, impregnadas de procedimentos literários, seja em sua poesia profundamente vinculada às regularidades e irregularidades rítmicas musicais, seja nos seus ensaios e estudos a um tempo especulativos e militantes, ou mesmo no *design* inesquecível de sua personagem. Dizia Charles na mencionada entrevista: "Cacaso não era um matuto enrustido. Era um jeca abusado".

Prefiro citar o próprio Cacaso em seu poema "Modéstia à parte" de *Na corda bamba*:

> Exagerado em matéria de ironia e em
> Matéria de matéria moderado.

Pois é este mesmo Cacaso e seu livrinho, *Na corda bamba*, com cara de feito-em-casa, capa de papel pardo, dimensões reduzissímas, carregado de dedicatórias a amigos e ilustrado com desenhos de Pedrinho, seu filho com então 7 anos, que volta em surpreendente edição pelas mãos de José Joaquim Salles e da Editora Bem-Te-Vi.

Conta José Joaquim que a releitura gráfica da edição artesanal do mini *Na corda bamba* foi um projeto acalentado por ele e por Cacaso, amigos de longa data, ainda em 1975, antes da minipublicação de 1978. Os dois chegaram a por a mão na massa e começar o novo projeto. Mas as mazelas e instabilidades da "vida de artista", parodiando nosso poeta, aliadas à sua morte prematura, interromperam a realização desta nova edição. 26 anos mais tarde, a saudade apertou e o antigo projeto saiu da gaveta de José Joaquim.

Imagino seu dilema ao retomar, agora em monólogo, a velha conversa com Cacaso. O caminho escolhido é inesperado. José Joaquim, cuja experiência na área de cinema é notória, resolve cinematograficamente o possível impasse colocado pela retomada em solo de um projeto conjunto. Agora, o movimento de uma câmera invisível conduz o leitor pela manhas de *Na corda bamba*. Cada verso é um plano (ou contraplano?), cada divisão, um corte. Resultado: não apenas uma remontagem, mas, sobretudo, uma leitura personalíssima dos poemas de Cacaso através de imagens em quase-movimento. Um Cacaso claramente recriado e revivido pelas lentes do cineasta.

PS: Não sei se por coincidência ou não, tal e qual fez Cacaso no livrinho original, José Joaquim Salles trabalha seu *Na corda bamba* a quatro mãos com desenhos de seu filho Tomás.

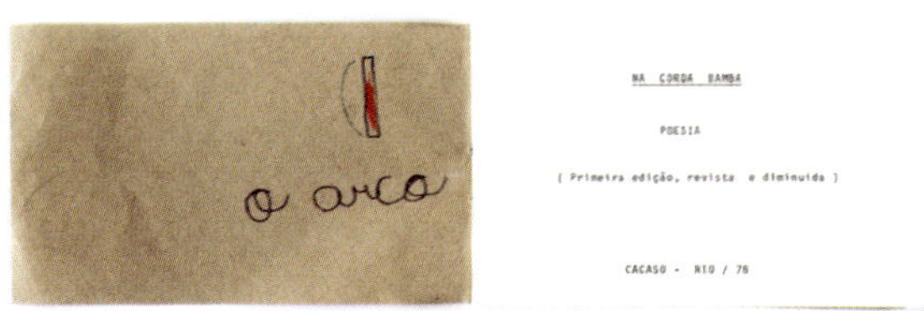

Fui mascate no sertão
caminhei o norte inteiro
vendi grampo à prestação
guarda-chuva em fevereiro
até hoje estou esperando
a remessa do dinheiro

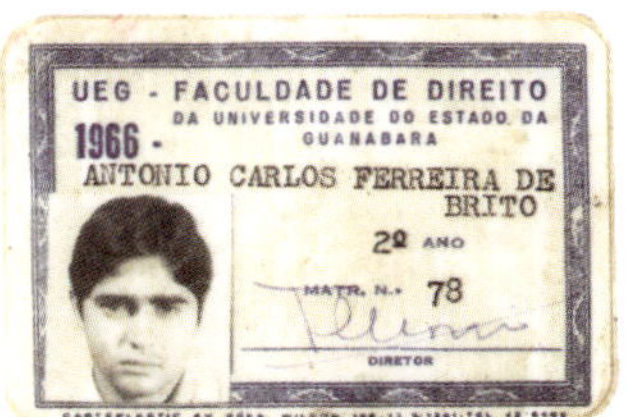

Cacaso na praia............Pedrinho subindo no coqueiro.

A meus pais, Caqui e José Joaquim

A Natasha Novis

Tomás

A meus pais, Aloysio e Peggy

A Maria Theresa Blatter

A Olavo Monteiro de Carvalho

José Joaquim

Primeira Parte

"SÓ PRA FICAR NU
PRECISO DE SETE ALFAIATES"

EL REI DOM MANUEL /
CARLOS SALDANHA, II,76

Vida e Obra

Você sabe o que Kant dizia?

Que se tudo desse certo no meio também

daria no fim dependendo da idéia que se

fizesse de começo

e depois

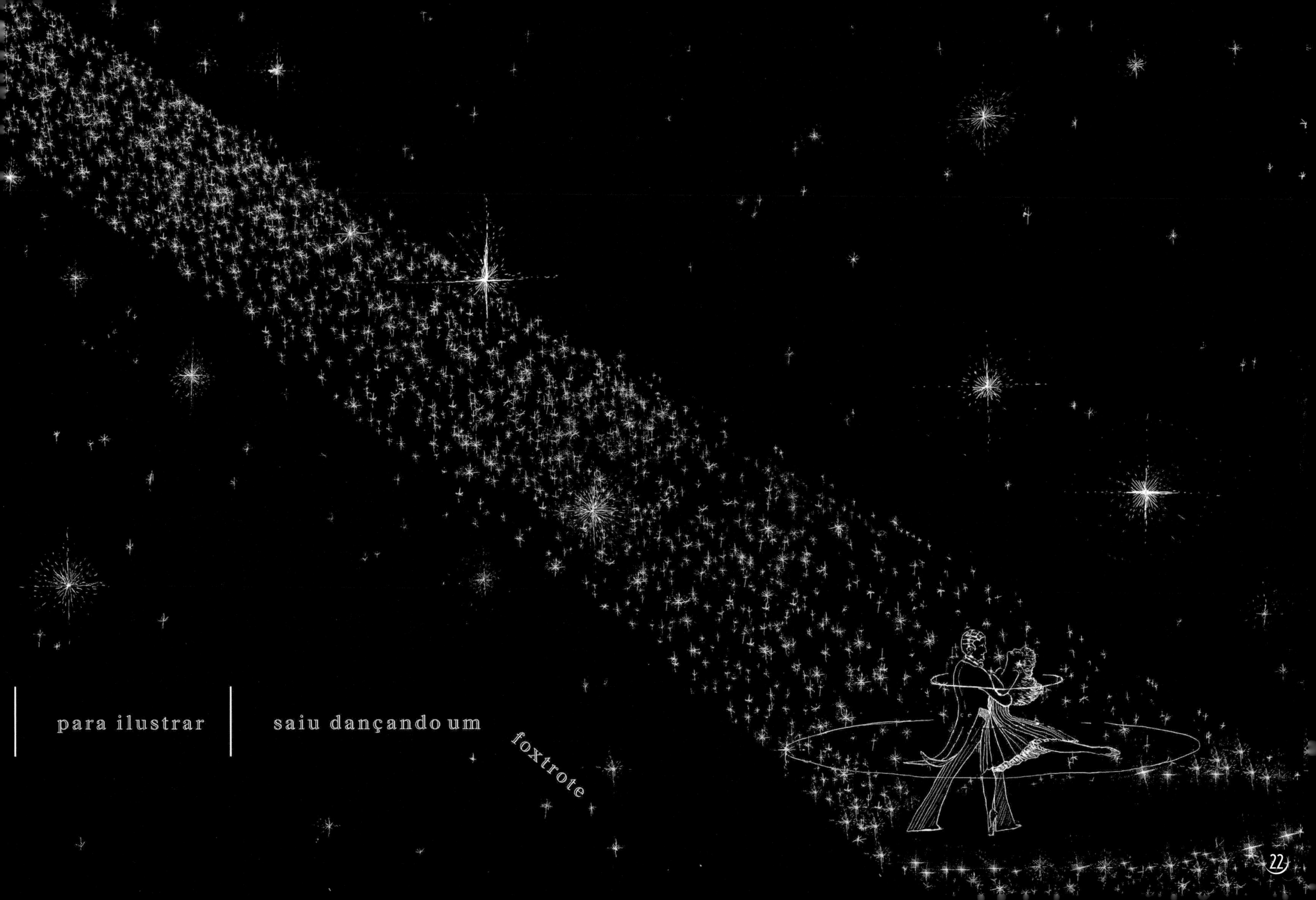

para ilustrar

saiu dançando um foxtrote

SEGMENTO ÁUREO

VERDADE ÚLTIMA O MELHOR VERSO É SEMPRE O PENÚLTIMO

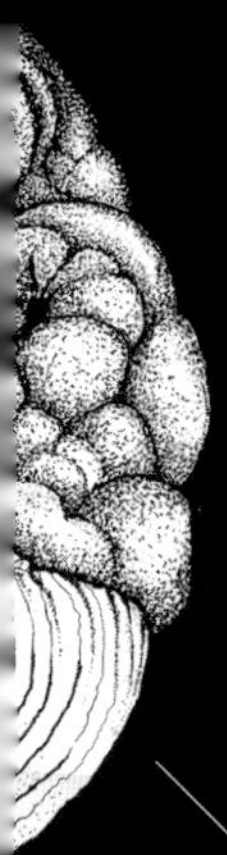

Vestibular

Não creio mais na metafísica por que tenho medo da morte

AGENDA
Noite profunda. Sono profundo.
Esperança rasa.

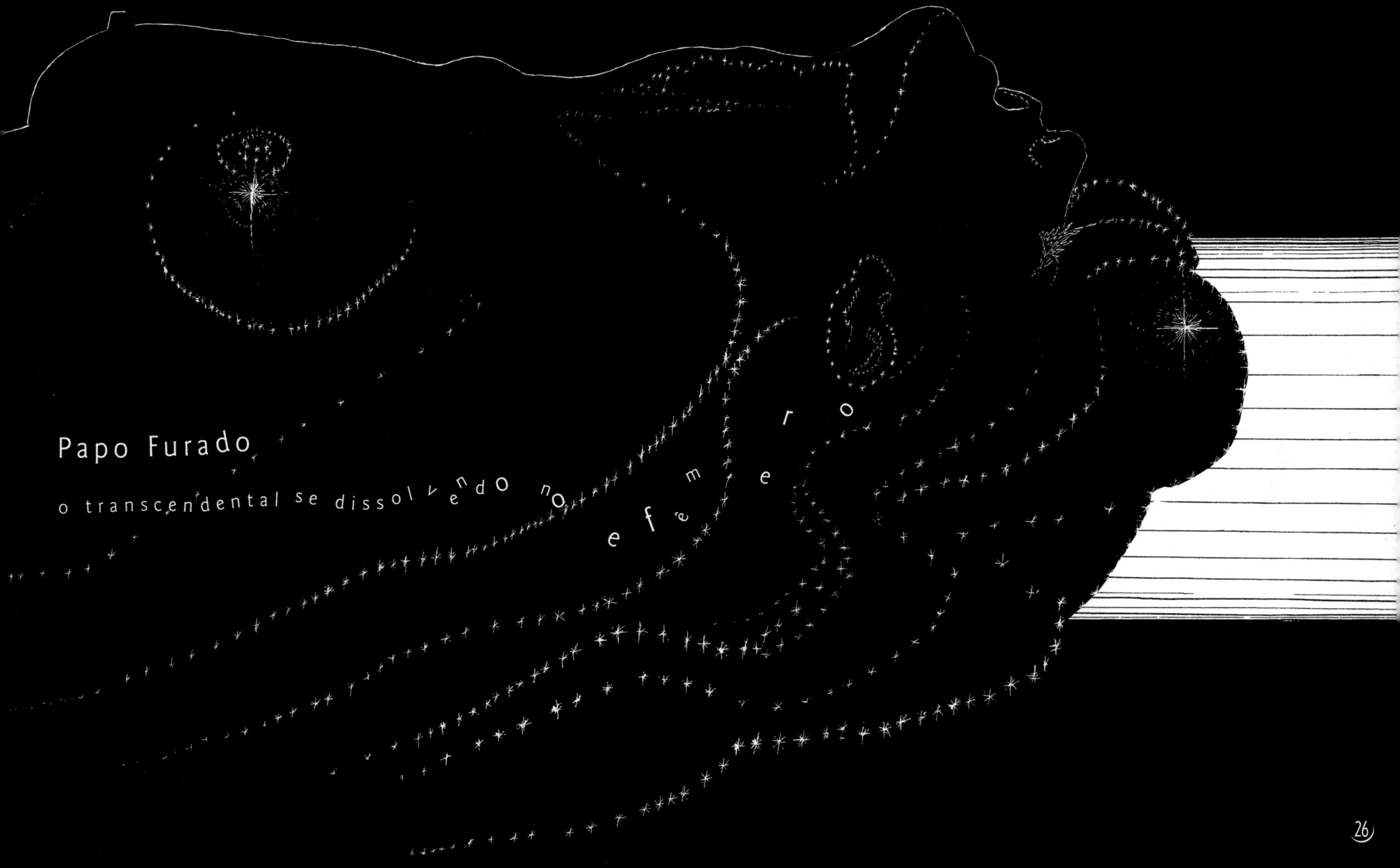

Papo Furado

o transcendental se dissolvendo no efêmero

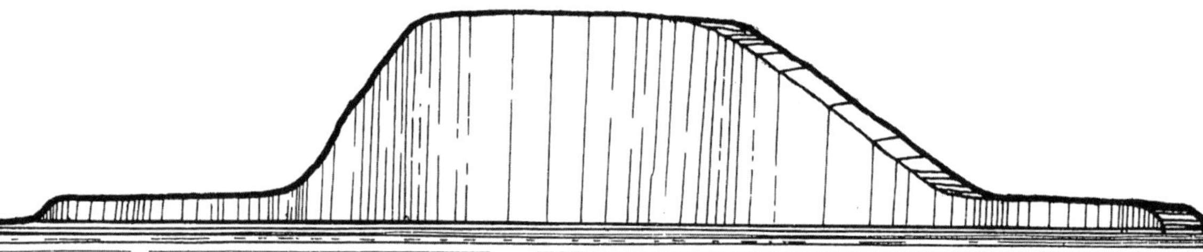

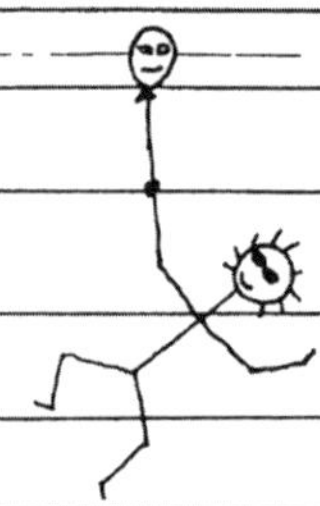

Estratégia

dá um teco no cara
mija no cano
e joga a arma no rio

Relógio Quebrado

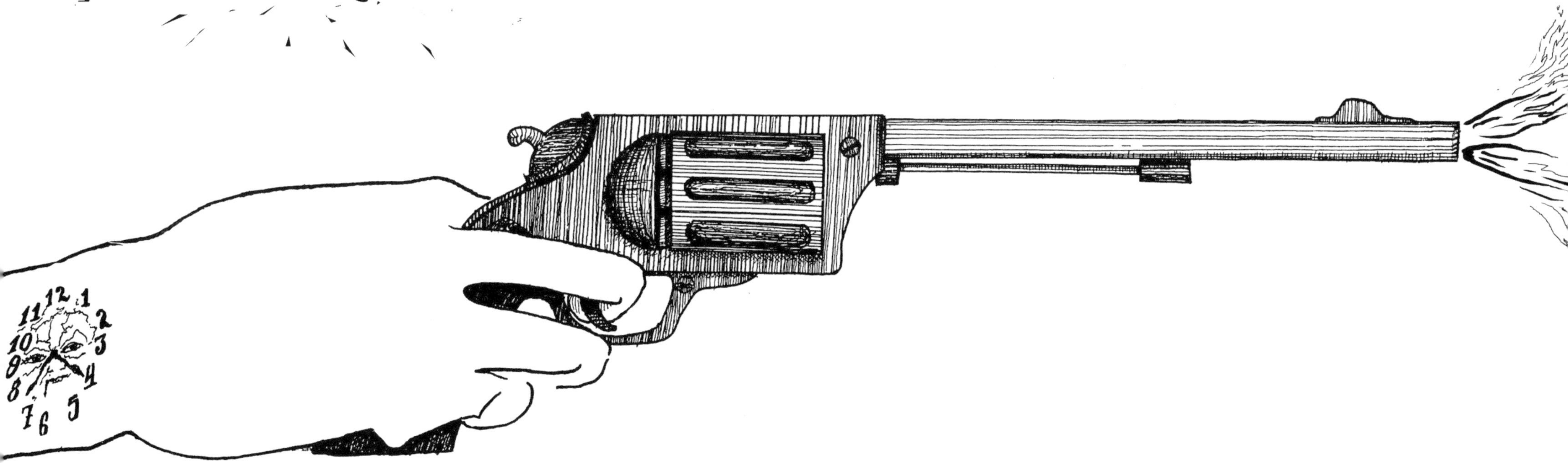

N ã o   s e i   p a r a r   na hora
certa

UNIDOS

ESTÓRIAS contavam que naquele rio tinha muitos afogados. Olhava as águas com respeito.

natureza

toda coisa que vive

EGOLOGIA, PODES CRER

NUM TÁ FÁCIL, MALANDRO

A NATUREZA TÁ FICANDO DESARVORADA

morta
um relâmpago
COMO É BONITO RIO DAS OSTRAS
EU VI UM RIO DESAGUAR NO MAR

14 bis
CUBA LIBRE
AQUELE AVIÃO NÃO PARECE
QUE VOA NA CONTRAMÃO ?

A LAR DOCE LAR
MINHA PÁTRIA É MINHA INFÂNCIA:
POR ISSO VIVO NO EXÍLIO

NA CORDA BAMBA

poesia
eu não te escrevo
eu te
vivo

e viva nós !

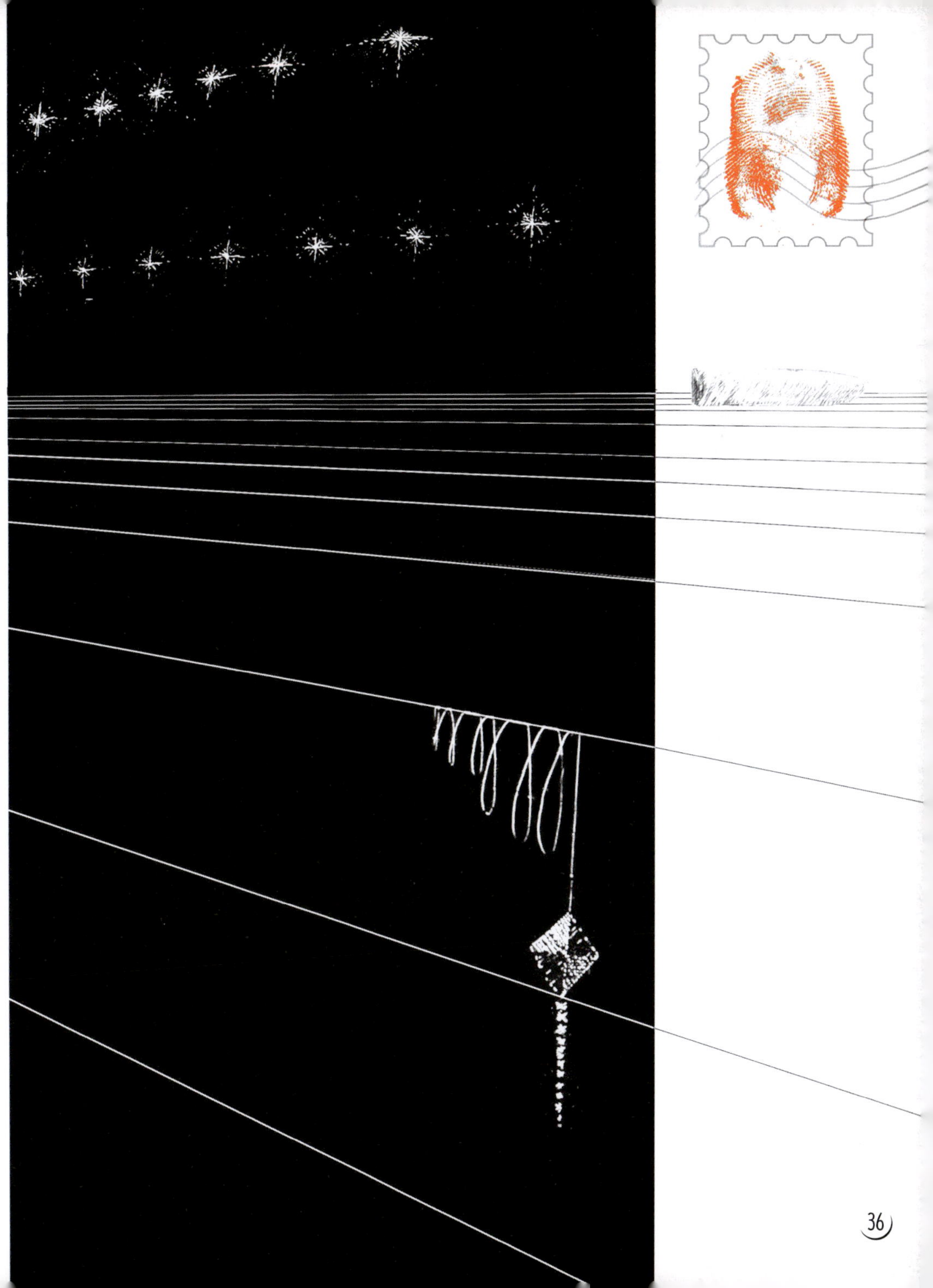

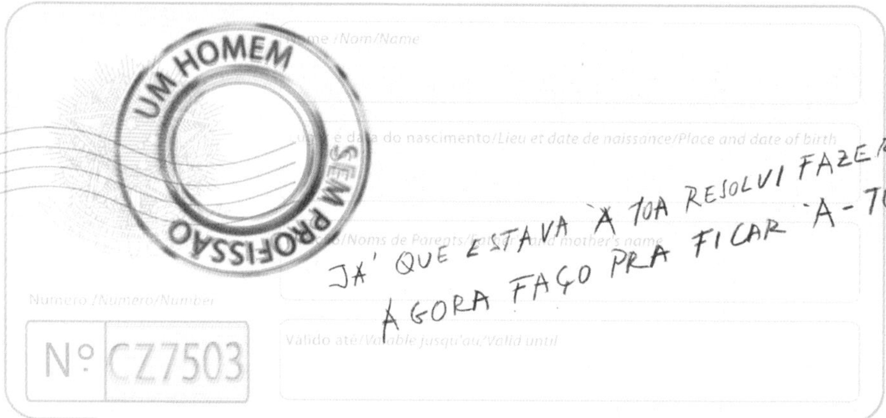

JÁ QUE ESTAVA À TOA RESOLVI FAZER UM POEMA
AGORA FAÇO PRA FICAR À-TOA

Santa Ceia

Poesia se faz assim
Era uma vez um castelo distante onde morava
Uma linda princesinha
O dragão foi lá e comeu ela

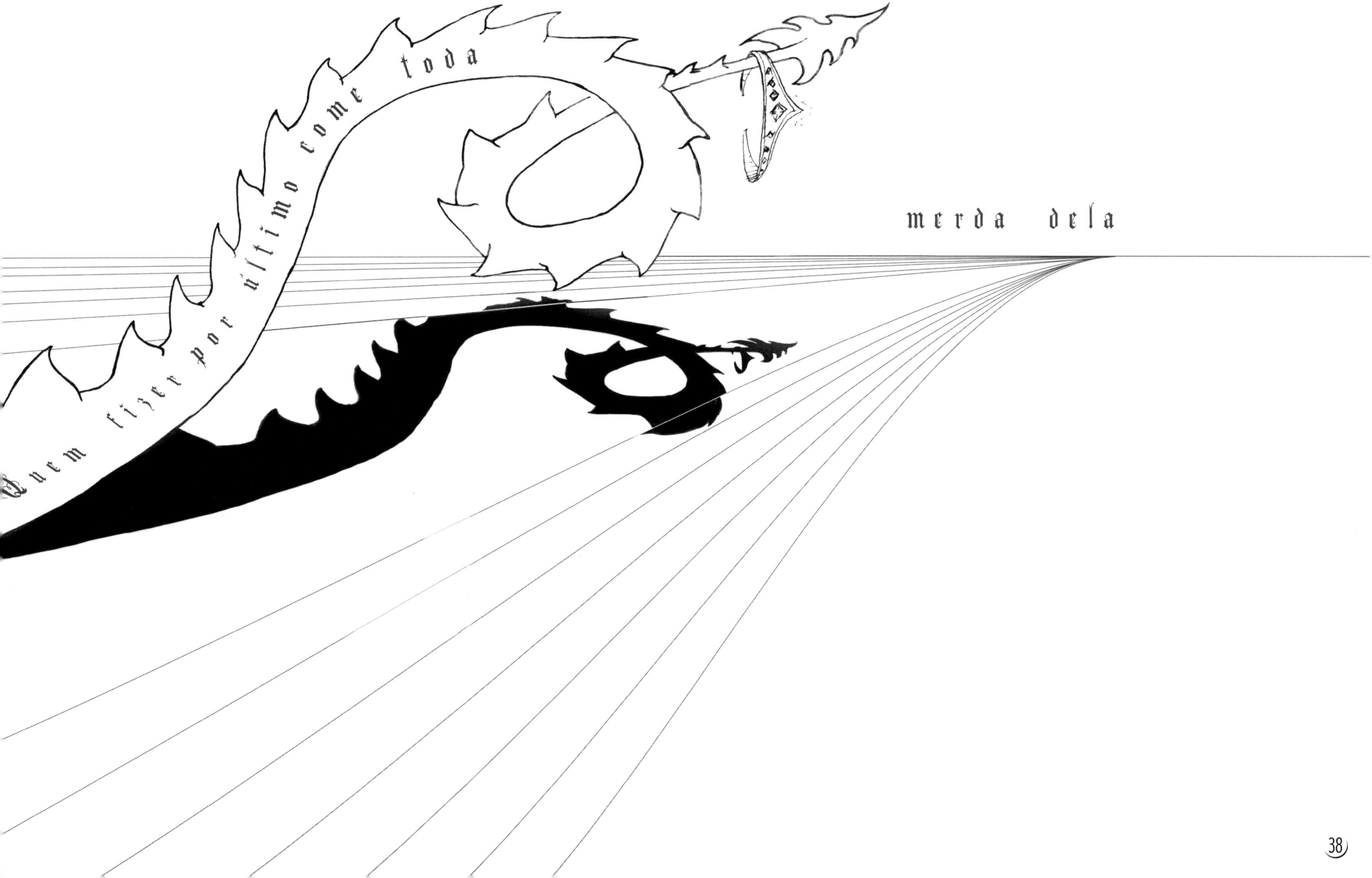
Quem fizer por ultimo come toda
merda dela

passou um assinho oando?

ou foi uma Gai... ...ota?

OBRA ABERTA

Quando eu era criancinha
O anjo bom me protegia
Contra os golpes de ar
Como conviver agora com
Os golpes? Militar?

GOLPE DE ESTADO
URUBU REI REINA MAS NÃO
GOVERNA

JARDIM
DA
INFÂNCIA

Segunda Parte

ARCA DE NOÉ

NASCEU
FUDEU

APORIAS DE VANGUARDA
APORIAS DE VANGUARDA

CÃO QUE LADRA NÃO FODE. CERTO. MAS
CÃO QUE MORDE LADRA. COMO PODE?

TROPICÁLIA
em viveiro de arara tucano é
tirano
VIAJANDO
na noite quente de janela
passavam rente a

cancaradas os
morcegos

ssos rostos. ocupados
em sonhar
nem dávamos por isso

SINFONIA VEGETAL

eu vi
eu tava lá
elefante chupa flauta e toca cana
ao mesmo
tempo

coincidência

todo mico é meio de
circo

o lugar da transgressão

encontrei um sapo cochilando dentro de minha botina. nunca me meti em botina de sapo. que liberdades são essas!

TUDO CERTO

Em frente à casa da fazenda havia um cruzeiro dentro de um cercado junto de um pé de paineira. Ninguém falava nada. Era um morto enterrado.

INICIAÇÃO

No tronco à esquerda da escada alguém riscou a canivete uma jura de amor. Ficava cismando.

Avião podia descer ali, entre coqueiros e bois.
Da varanda parecia que ia entrar casa adentro.

PAISAGEM

uma comissão de urubus inspeciona
o pasto desde ontem. Foi cascavel novamente

ROTINA

B e A b á

De dia o capataz nos ensinava a usar o laço e obedecer os pais. Engravidou uma menina que podia ser sua neta. E era

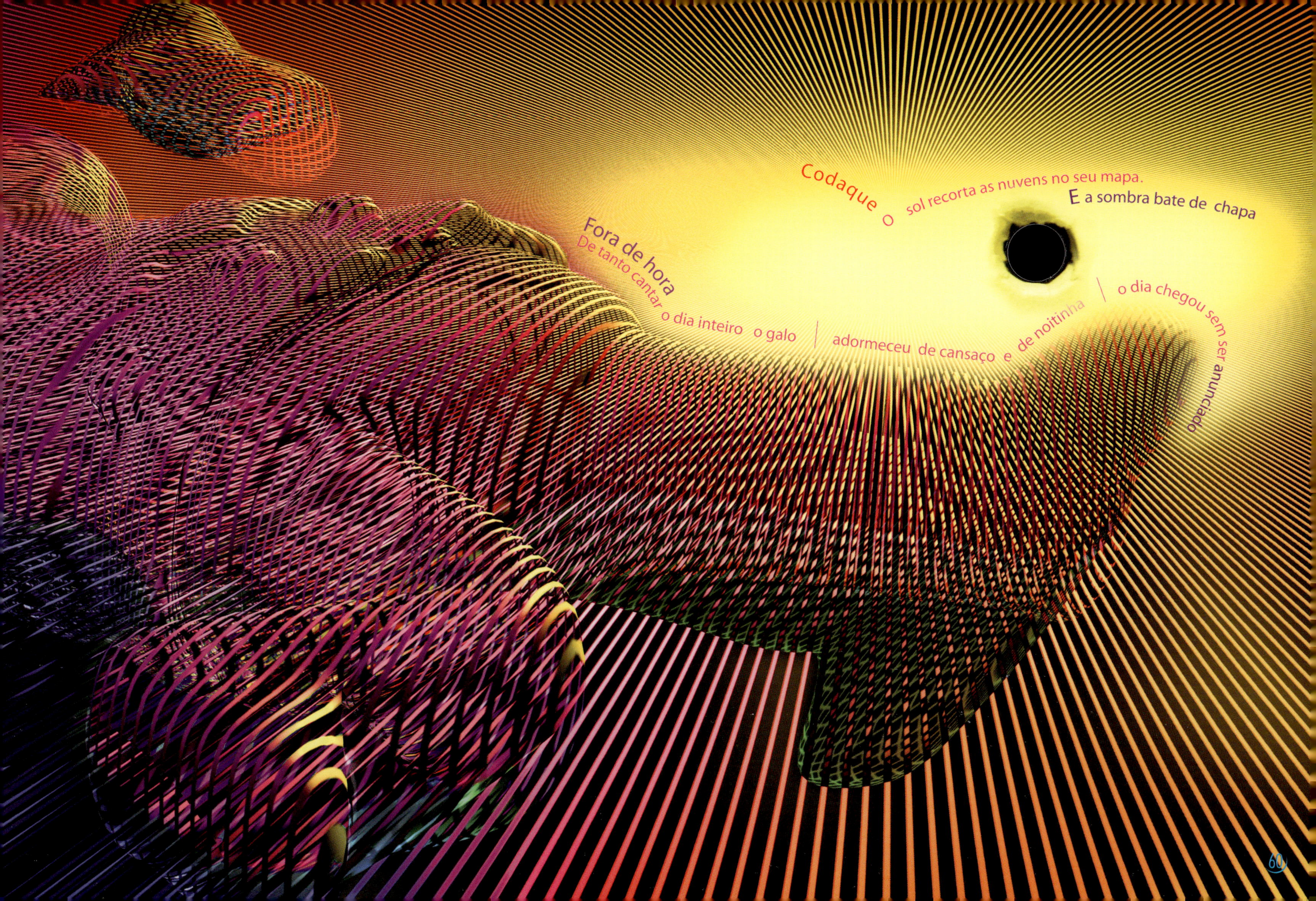

Fora de hora

De tanto cantar o dia inteiro o galo | adormeceu de cansaço e de noitinha | o dia chegou sem ser anunciado

Codaque O sol recorta as nuvens no seu mapa.

E a sombra bate de chapa

Sacrilégio

Numa tarde erma e de raros ventos
enrabei a cabritinha. Acho que ninguém viu.

Memória arbitrária

Cu de cavalo é uma coisa engraçada.
Quem não reparou que repare.

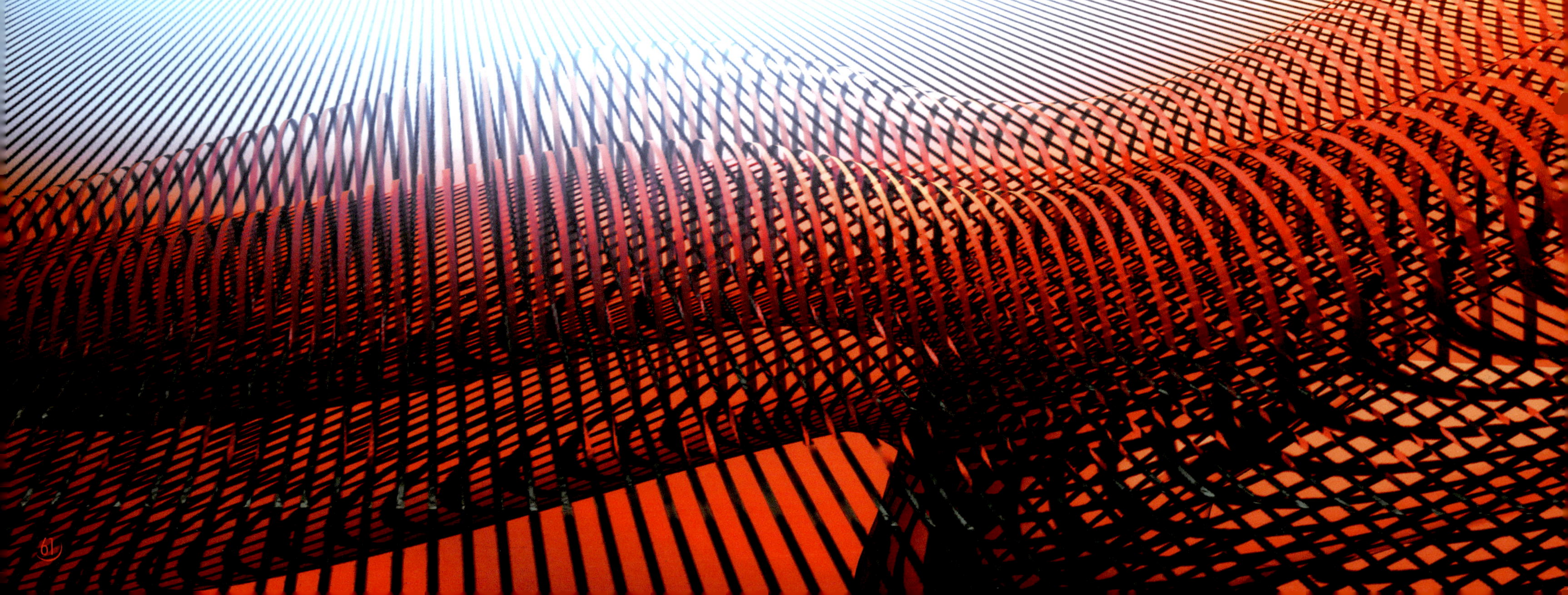

Nostradamus
Que homem esquisito essa mulher

sucesso na geral

Mulher e diabo se conhece pelo rabo

MINORIDADE
Sou Criança Mas não sou
Bobo

Boemia

Acho que hoje já é amanhã

Façanha
Tomou muita cachaça
ficou lúcido
Quis se matar

Dilema do Ioga

Não sei se penso no futuro ou em que dedo do meu pé

Divisão do Trabalho

não sei guiar

não sei nadar

não sei dançar

Capricho

o vento pede um instante e troca de sutiã

Fotonovela

não quis
Quando você quis eu não quis
Quando eu quis você não quis

Pensando mal quase q fui

Feliz

Carteira profissional

não sou amado no amor : sou
amador

Consolo
Consolo
A beleza passa mas a inteligência
A beleza passa mas a inteligência

na Praia
permanece

modéstia à parte

exagerado em matéria de ironia e em
matéria de matéria moderado

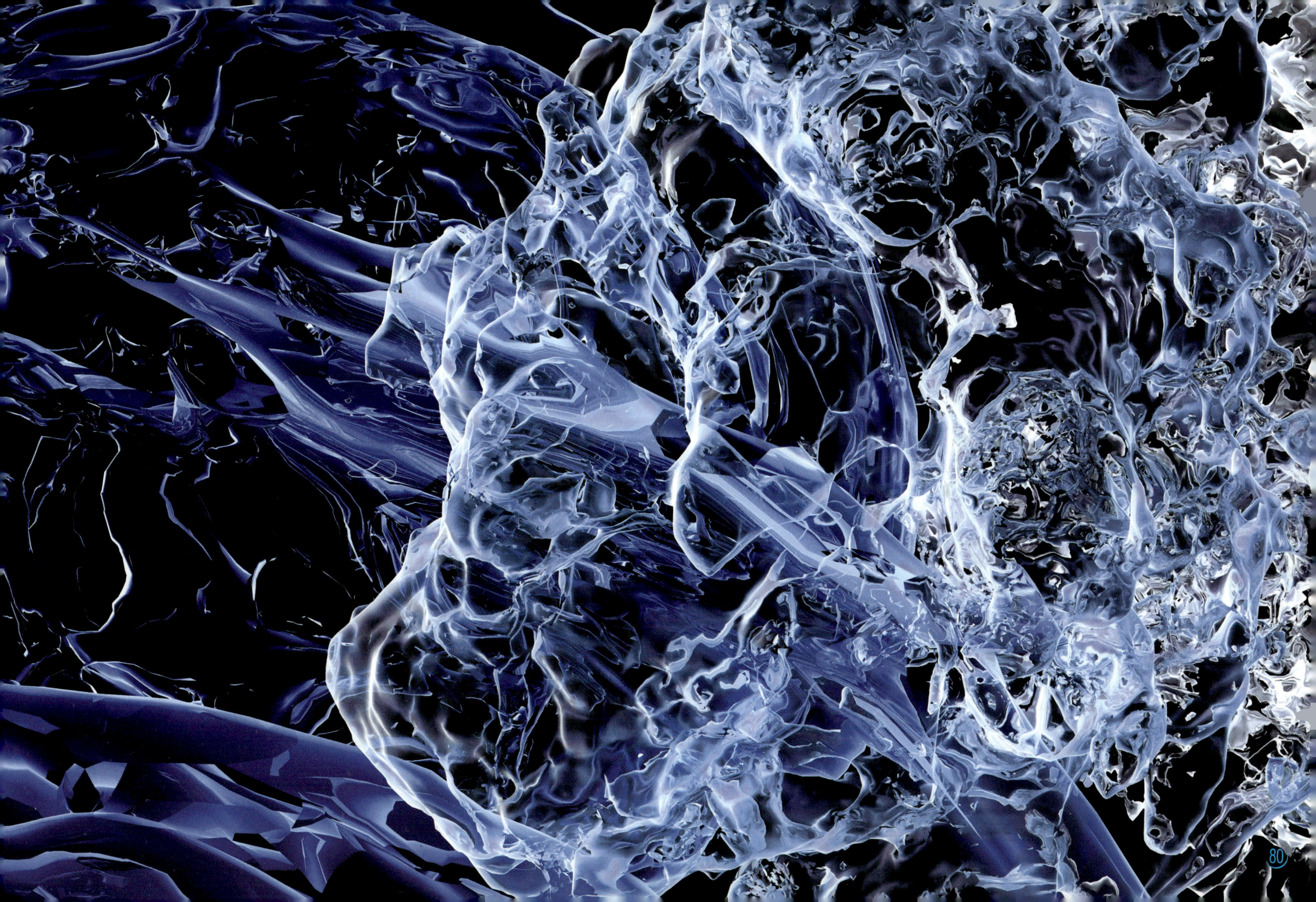

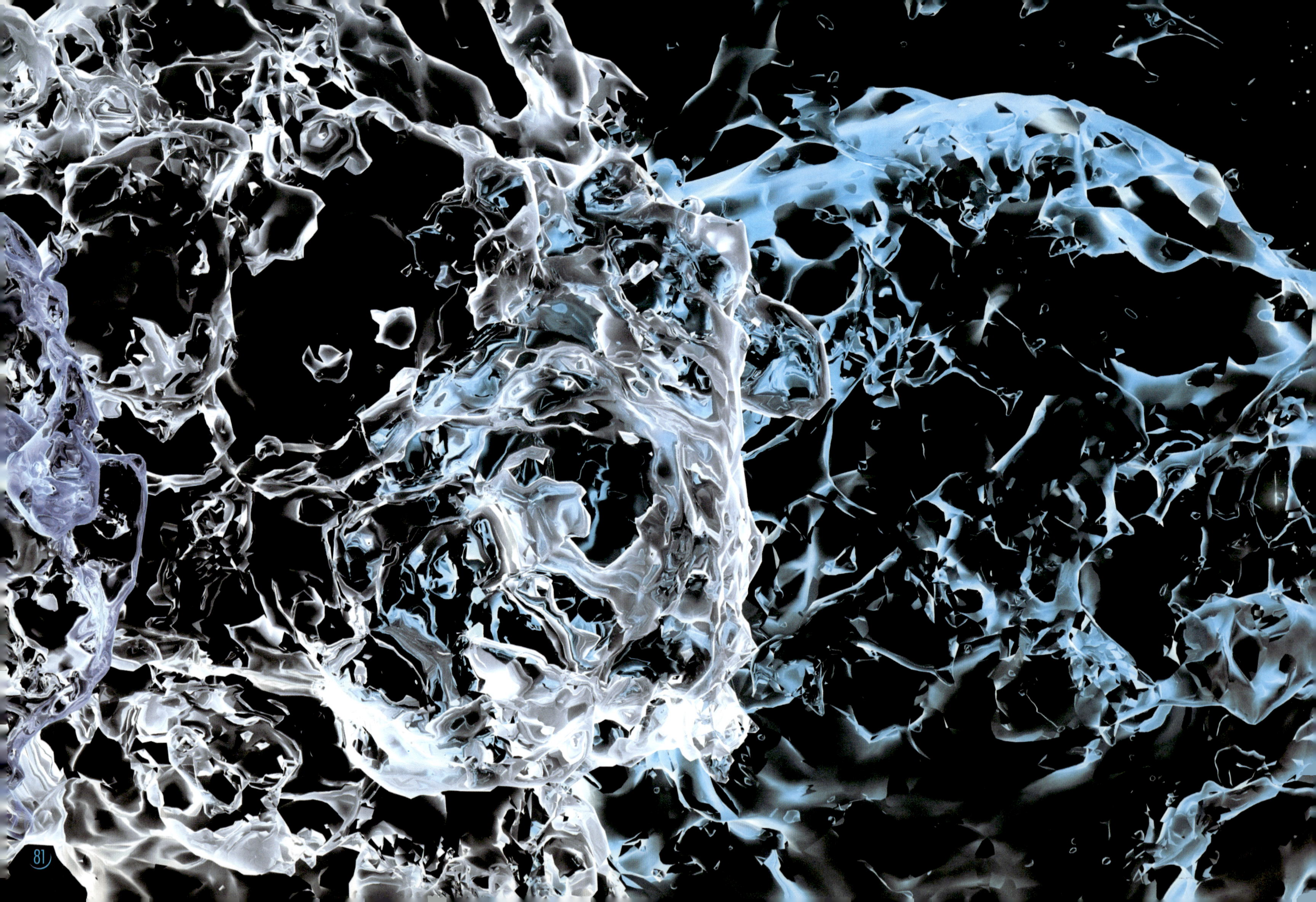

TESTAMENTO

dei a pala e
perdi o bonde

Saudades
Zé!

PAPO FURADO

DO MIMEÓGRAFO AO COMPUTADOR

JOSÉ JOAQUIM SALLES

BREVE HISTORINHA DE UM LONGO PERCURSSO

Mimeógrafo
"Aparelho para tirar cópias de páginas escritas em papel especial, ou Estêncil."
(Dic. Aurélio)

Computador digital
"Processador de dados. Computador que opera com dados discretos ou descontínuos, efetuando uma seqüência de processos lógicos e aritméticos com estes dados, num programa previamente preparado."
(Dic Aurélio)

SOBRE A TEORIA

O livro foi concebido para se desenvolver em duas partes.

A primeira mostra os poemas através de imagens que suavemente deslizam num longo travelling cinematográfico. Ele nos conduz através do espaço, que gradativamente se transforma numa mulher, atrás da qual surge um cano, de onde aparece uma mão com um revólver que dispara, traçando uma enorme linha de tiro que - como uma corda bamba - nos leva a atingir a costa do Brasil. Entremeados a essas imagens, os poemas de Vestibular, Vida e Obra , Estratégia e Papo Furado se transformam numa Obra Aberta sobre a época em que parte de nossa geração se jogou de corpo e alma numa política das armas . Com fina ironia e humor, Cacaso nos mostra com ceticismo em Célula Mater: Unidos Perderemos, Relógio Quebrado : Não sei parar na hora Certa , a inviabilidade da opção – e com as armas de sua política nos leva a resistir de outra maneira . Intimamente possível : Na Corda Bamba : poesia / eu não te escrevo / eu te vivo / e viva nós !

A segunda começa quando nossa bala disparada redescobre o Brasil e, ao adentrar sua selva, redescobrimos por nossa vez, agora de forma estilhaçada, caótica e rigorosa, nossas reminiscências rurais, metáforas animais. São "viagens" poéticas que nos abrem paixões desencontradas: o dilema do ioga (*Não sei se penso no futuro ou em que dedo do meu pé*); uma arca de Noé (*nasceu fudeu*) ou o filho da mãe que *papou papai*. Se for verdade

que, como *Consolo na praia, - A beleza passa mas a inteligência permanece* - podemos acreditar que, como uma bala perdida, ele deu a pala, e apesar do *Testamento* **não** perdeu o bonde.

Estêncil

"Folha de papel recoberta por substância gelatinosa e gravada ou perfurada ou por estilete ou por máquina datilográfica, de feito que, quando passa entre um rolo de tinta e uma folha de papel em branco, nesta reproduz fielmente as letras ou desenhos traçados." (Dic. Aurélio)

SOBRE A PRÁTICA

1967

Rio. Entrei para UFRJ, mais especificamente para a Faculdade de Filosofia, o IFCS. Foi lá que vim a conhecer o Cacaso através de sua então namorada, futura mulher e mãe de seu filho Pedro - Leilah Landim - que era minha colega de classe. Eram tempos agitados, efervescentes. A juventude queria transformar o mundo, sua política, moral e costumes. Envolvi-me, como tantos, nas atividades que acabaram me levando ao exílio em 1970.

1975

Paris. Cacaso passa em minha casa e pela primeira vez vê alguns de meus desenhos. Para minha surpresa me convida para ilustrar o novo livro que estava escrevendo. Traz um envelope pardo contendo várias páginas soltas dos poemas. Pede para eu dar uma lida e dizer o que achava. Ia continuar sua viagem por outros países da Europa. E na volta a Paris voltaríamos a nos encontrar e conversar sobre nosso possível projeto. Eu já sabia da necessidade do projeto ser em P&B, pois a "geração mimeógrafo", como eram conhecidos os jovens poetas, era boa de luta mas ruim de grana. Espécie de literatura de cordel urbana, que por sua sabedoria, simplici dade e economia de meios, tornou-se uma das mais bem sucedidas maneiras de contestar e burlar a censura política e econômica do regime ditatorial. Já no dia seguinte comecei a trabalhar. Li e reli várias vêzes os poemas. Espalhei as páginas por toda a sala e aos poucos comecei a vislumbrar uma ordem para os primeiros poemas; de repente, como num clique, me vieram imagens em seqüência como se fosse um *travelling*. Os poemas se ligavam uns aos outros como num movimento de câmera de cinema. Eram costurados como uma historinha que tinha a ver com nossas vidas e nosso tempo. Num caderno, começei a esboçar os primeiros desenhos em nanquim e guache preto. Esse primeiro passo não levou mais de três dias. Fiquei satisfeito com este início. Não quis avançar muito, pois Cacaso poderia não estar de acordo com minhas idéias. Quando voltou, para minha alegria, entusiasmou-se pelo conceito, e nos dias seguintes começamos a trabalhar juntos na seleção e ordem das imagens inspiradas pelos poemas. Certos de que estávamos num bom caminho, combinamos continuar e finalizá-lo quando eu voltasse para o Brasil, o que ocorreria alguns meses depois.

1976

Rio. Pouco tempo depois de ter voltado ao Brasil, fui morar com o Cacaso. Neste período reconfirmamos o conceito e, a partir daí, ele me arrumou um cantinho logo na entrada do apartamento, em frente a uma janela semicircular com vista para o mar. Lá comecei então a desenvolver de forma mais definitiva os primeiros desenhos. Sempre trocando idéias, fomos tocando o barco. Pensamos inicialmente que o formato do livro fosse uma espécie de papiro. Canudo de papel que o leitor desenrolaria para ver o livro sem cortes. Até a fábricas de papel de parede eu fui, mas os problemas eram tantos que resolvemos optar por um formato sanfona. Como a edição tinha tiragem limitada, parte artesanal não pesava tanto no custo final. Outra idéia que tínhamos era acrescentar ao preto e branco uma única cor extra. O vermelho-sangue de marcas digitais dos nossos polegares, carimbados na prancha do poema-título: metade por mim, metade por êle. Mas infelizmente os problemas não eram apenas técnicos; meu filho mais velho, Juliano, já tinha dois anos e meu bolso andava furado. Fui obrigado a me dedicar com mais intensidade ao trabalho que me permitia pagar as contas: o cinema. Ao longo deste tempo todo, raramente consegui conciliar a atividade do desenho, que é um trabalho solitário e requer muita calma, com o do cinema, que é por natureza coletivo e agitado.

1978

Cacaso, muito delicadamente, pede desculpas e diz que não pode mais esperar pelos meus desenhos para publicar o livro. Morri de vergonha, pois é claro que quem tinha de pedir desculpas era eu, por tê-lo feito esperar tanto. Assim, combinamos que quando eu terminasse minha parte, fariamos uma outra publicação, desta vez completa. Ao longo de vários e vários anos continuei sonhando com esta oportunidade. Aos poucos fui desenvolvendo os desenhos sem nunca conseguir passar da primeira parte - a da viagem do espaço até o Brasil.

■

1986/7

Ironia da história. Consegui levantar uma graninha para desenvolver um roteiro. Convidei Cacaso para juntos finalizarmos meu argumento, que fora incialmente desenvolvido com a Tânia Lamarca, chamado Acaso. Trabalhamos sem parar durante vários meses, sempre sonhando um dia retomarmos a idéia de finalizar nosso livro. Por volta do mês de maio, não conseguindo financiamento através da Lei Sarney, mais uma vez tive que me engajar noutro projeto que me possibilitasse sobreviver. Desta vez foi *Luar sobre Parador*, de Paul Mazurski. Trabalhei até o fim do ano. Nunca deixamos de nos falar, mas só nos reencontramos pouco antes do Natal. Combinamos que logo após o Ano Novo retomaríamos nosso trabalho no roteiro. Fui para Porto Seguro passar o *réveillon* e como uma *Trapaça do Destino*, no dia seguinte de minha chegada, recebi a notícia arrasadora: Cacaso morreu. Fiquei sem eira nem beira. Até hoje Cacaso me faz imensa falta.

■

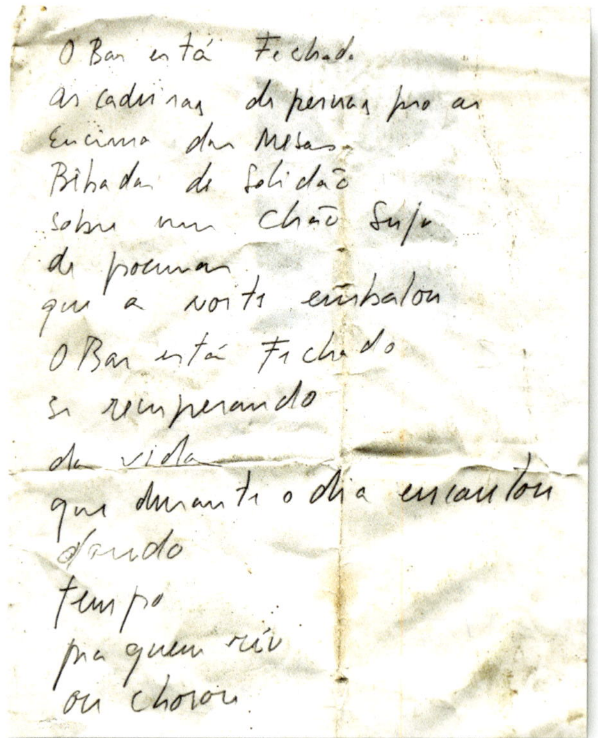
O Bar está Fechado
as cadeiras de pernas pro ar
Encima das Mesas
Bêbada de Solidão
sobre um Chão Sujo
de poemas
que a noite embalou
O Bar está Fechado
se reesperando
da vida
que durante o dia encantou
dando
tempo
pra quem riu
ou chorou.

Nunca fui de escrever,
mas na manhã seguinte à morte do Cacaso,
sentado para tomar café numa choupana à beira-rio,
numa psicografia às inversas escrevi-lhe este texto.

1995

Perdendo meu parceiro, qualquer tentativa de retomar o projeto era difícil. Para piorar as coisas, neste ano, por motivos que não interessa comentar, perdi os originais do livro.Perdi, não – foram jogados fora por terceiros. Como minha mão e cabeça tantos anos depois já não estavam na mesma sintonia de então, achei que este projeto havia recebido sua última pá de cal e nunca mais se tornaria realidade.

2000

Acho que Cacaso, esteja onde estiver, continuava apostando em nosso sonho e então, para minha felicidade, havia se desenvolvido e popularizado imensamente a tecnologia do computador e seus maravilhosos programas. Um dia mostrei para minha amiga Emily Pirmez fotocópias que havia feito dos originais. Empolgada, ela insistiu em que seria possível recuperá-los, e assim sendo, retomar o projeto. Descrente, aceitei tentar e, para minha surpresa, assisti o ressuscitar do livro. Fiquei doido de entusiasmo e prometi que desta vez iria até o fim. Porém o trabalho era lento e mais uma vez tive de adiá-lo pelos motivos de sempre. Mas, com a ajuda do computador, recuperei a esperança da real possibilidade de concluir o projeto.

2001

Amigas de muitos anos, Lucia de Almeida Braga e sua mãe, Vivi Nabuco, tiveram a boa idéia de criar uma editora - a Bem-Te-Vi. Falei a Lucia do projeto e fiquei contente em saber que as duas eram também amigas e fãs do Cacaso. Passou a ser uma obrigação mostrar o projeto, em primeira mão, à Bem-Te Vi. Entre o falar e o mostrar passaram-se quase dois anos. Já estava ficando até encabulado. Tava parecendo Papo Furado!

2002

Em meados de outubro deste ano, Tomás, meu segundo filho, designer por formação, desenhista por vocação e *computer freak* por destinação, me propõe retomar o trabalho do livro com êle. Quase caí do cavalo, felicidade maior impossível. Mais uma vez Cacaso dando sua forcinha. Retomaria desta vez como se estivesse passando o bastão. Companheiro melhor impossível! Tomás resolvera largar seu emprego dos últimos quatro anos, onde se especializara em animação digital em 3D. Eu estava compulsoriamente desocupado. Resolvemos, então, unir nossos desempregos no que viria a ser o primeiro passo na direção de finalizar o projeto de ilustração do livro de poemas de Cacaso *Na Corda Bamba* . Passamos a limpo toda a primeira parte em P&B, que termina nos coqueirais de Porto Seguro onde o Brasil foi descoberto e que é o nosso *Jardim da Infância*. A única prancha desta parte que Cacaso não viu pronta foi a de *Um homem sem profissão* e *Santa Ceia*, completada em conjunto com Tomás - seguindo as imagens anteriormente discutidas por mim e Cacaso, como homem na rede, castelo, dragão, etc. Ao ressuscitarmos essa primeira parte em 2D, tínhamos transformado um material de fotocópias lastimáveis numa caixa recheada de pranchas definitivas de que, tenho certeza, Cacaso se orgulharia tanto quanto eu e Tomás. Após 27 anos eu tinha algo concreto em minhas mãos: a primeira parte do livro. Isso me passava confiança para mostrar o trabalho a qualquer editora, no intuito de dar seqüência ao desenvolvimento da segunda parte e seu design. Enfim, de finalizarmos o livro por completo. Como disse antes, nossa primeira opção tinha que ser a Bem-Te-Vi.

2003

Em janeiro apresentamos o projeto a Lucia e Lélia Coelho Frota, respectivamente editoras responsável e executiva da Bem-Te-Vi. Mostramos as pranchas completas da Parte I, 3 novas pranchas da Parte II e um CD com um breve trailer do livro animado pelo Tomás. A recepção foi bastante calorosa. Gostariam de editá-lo, mas ainda precisávamos saber se era econômicamente viável. Como o formato "sanfona", "pranchas em caixa" ou simplesmente "livro" ainda estava em discussão, precisávamos estudar com exatidão os custos e tempos de produção. Mas só o fato de desejarem editá-lo já nos deixava felizes. Em abril nos reencontramos após pesquisa de custos efetuada por Gustavo Franck, produtor gráfico. Optamos pelo formato "livro" simples e normal. Devido às interferências artesanais, qualquer outro formato sairia uma fortuna. Chegamos a um acordo preliminar para darmos continuidade à Parte II e ao Design. Então nos foi dado sinal verde para nos dedicarmos "aos finalmentes", com esperanças de ver o livro lançado ainda no Natal daquele ano. Eu e Tomás saímos cheios de alegria. Do fim de abril ao fim de junho, mergulhamos num árduo mas prazeroso trabalho cotidiano. O desafio era grande, teríamos que finalizar em poucos meses o que havia levado tantos anos para se desenvolver. Como já disse antes, Cacaso chegou a conhecer toda a Parte I, que foi feita por mim à mão, no papel, com bico de pena, nanquim, guache e *papier à gratter*, sempre num formato quase cinemascope (20x60cm) e posteriormente recuperada por *software* de computação em 2D*(Photoshop/Illustrator)*. Quanto à Parte II ,tínhamos conversado sobre ela em cima de alguns rascunhos e idéias minhas, mas que nunca chegaram ao nível de conclusão da primeira. Agora eu estava sozinho, olha a responsa. Mas como a vida dá voltas, êle teve seu filho Pedro como desenhista da capa da primeira edição, e agora eu tinha o Tomás para finalizar a outra metade do livro. A participação de Tomás no desenvolvimento das idéias rascunhadas foi tão grande que sua cumplicidade e criatividade o transformaram, inevitavelmente, em co-autor do livro. Tomás foi me apresentando a extraordinária e fascinante ferramenta que é o software 3D*(Maya)*, que rapidamente me enredou numa perspectiva muito mais ampla de desafiantes possibilidades. O espaço de trabalho é virtual e, em vez de apenas desenhar ou pintar, se molda, se texturiza, cria elementos em ângulos de câmera e iluminações realmente infinitas. Foram tres meses de enorme satisfação. Não consigo parar de imaginar o que Cacaso estaria fazendo hoje em dia, tão longe do mimeógrafo e tão perto da aldeia global de McLuhan. Em fim de junho o miolo do livro estava pronto e nos restava a última etapa a completar, o design. Mas por motivos de ordem interna da editora o combinado teve de ser alterado, e mais uma vez a edição foi adiada.

■

2004

Mantivemos contato ao longo deste tempo, mas somente em junho ,realmente, reacendeu-se o sinal verde para prosseguirmos com o projeto. Faltava apenas finalizar o design - invólucro do livro. Graças à Bem-Te-Vi, após quase 30 anos, todos poderemos finalmente "viajar" nas imagens poéticas de *Na Corda Bamba*.

■

Dedicatórias

Vida e Obra
p/Eginardo Pires

Segmento Áureo

Vestibular
p/ Sueli Costa

Célula mater
p/Roberto Schwartz

Estórias

Ecologia, podes crer *

Natureza morta
p/ Charles

Como é Bonito Rio das Ost
p/ Betinha

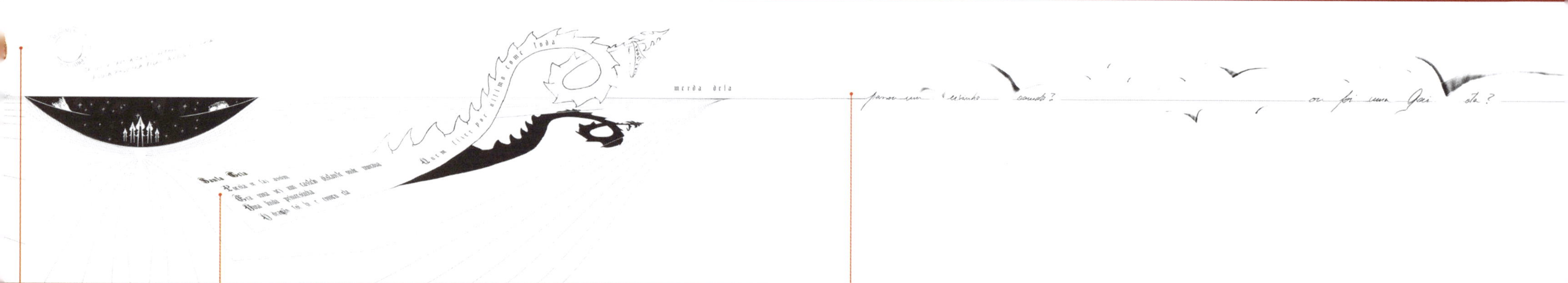

Homem sem Profissão

Santa Ceia

Passou um Versinho Voando

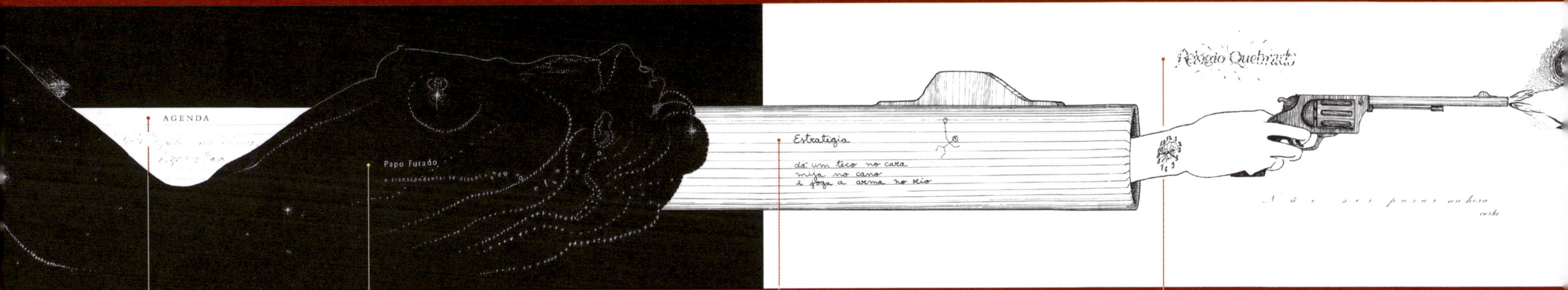

Agenda

Papo Furado
p/ Nilo de Oliveira

Estratégia

Relógio Quebrado
p/ Helô

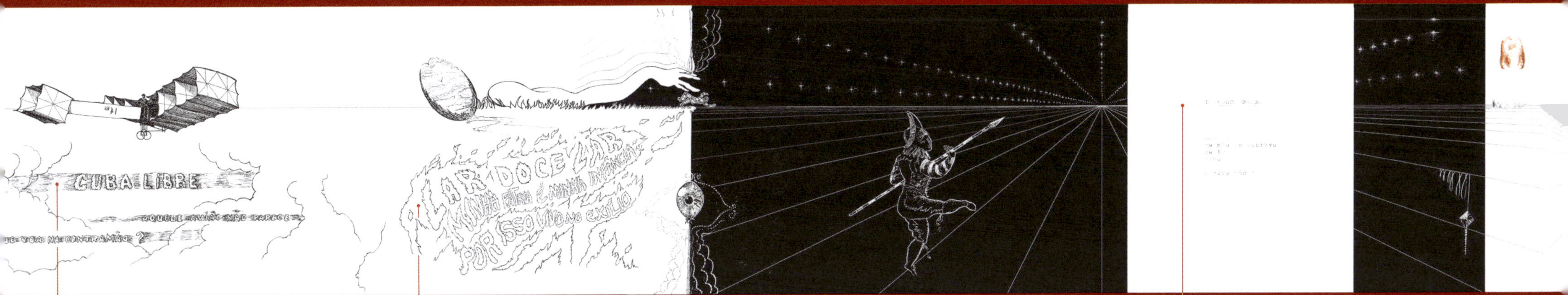

Cuba Libre
p/ Jaiminho Schwartz

Lar doce lar
p/ Mauricio Maestro

Na corda bamba
p/ Chico Alvim

Obra Aberta
p/ José Joffily Filho

Golpe de Estado
p/ Gélson Fonseca Jr.

Dedicatórias

Jardim da Infância **
p/ Saul e Maria Inês

Tropicália
p/ J.A. Giannoti

Viajando

Sinfonia Vegetal
p/ Marilinha

Coincidência
p/ Hélio Pellegrino

Lugar da Transgressão

Sacrilégio

Memória Arbitrária

Nostradamus
p/ David Arrigucci Jr.

Sucesso na Geral

Filho da Mãe
p/ Sérgio Santeiro

Minoridade
p/ Paulo Guimarã

Arca de Noé
p/ João Carlos Pádua

Aporias de Vanguarda

Tudo Certo

Iniciação

Paisagem

Rotina

Beabá

Fora de Hora
p/ Cinthia Fontes

Codaque

Boemia

Façanha

Dilema do Ioga
p/ Leilah

Divisão do Trabalho
p/ Lila

Capricho
p/ Lú

Fotonovela

Consolo na Praia
p/ Maria Cecília Londres

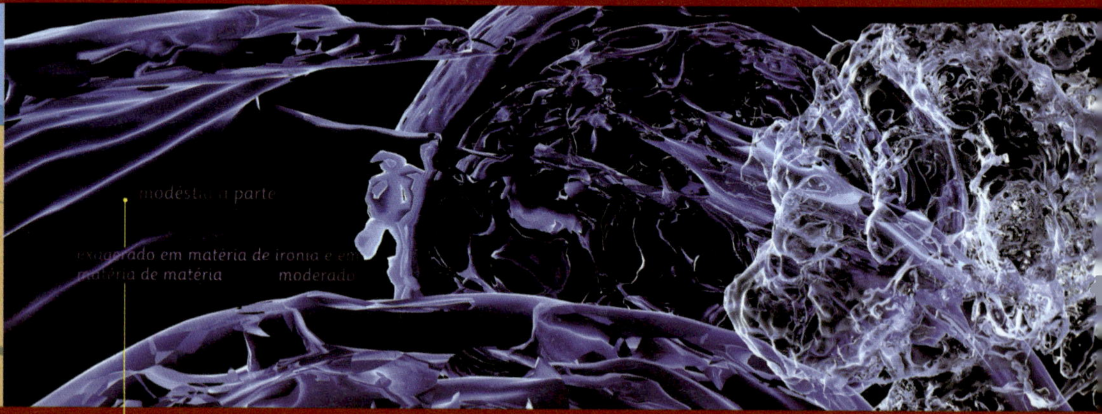

Modéstia à parte

Carteira Profissional
p/ Virgínia Sabino

Testamento
p/ Lourenço Baeta

* - "Ecologia, podes crer" - O poema continha "podes crer" no título antes da publicação de1978, que foi mantido por fazer parte do desenho que o Cacaso conheceu.

** - "Jardim da infância" - É o título dado ao conjunto de poemas dedicados a Saul e Maria Inês, que incluem:
- Tudo certo - iniciação - Sacrilégio - O lugar da transgressão - Paisagem - Estórias - Viajando - Rotina - Memória arbitrária e Beabá.

Bem-Te-Vi

Editoras responsáveis

Vivi Nabuco e Lucia Almeida Braga

Editora executiva

Lélia Coelho Frota

Assessoria jurídica

Manoel Nabuco

Revisão

Bem-Te-Vi

Conselho consultivo da Bem-Te-Vi

Anna Letycia

Armando Freitas Filho

Gilberto Velho

Luiz Paulo Horta

Mário Carneiro

Moacir Werneck de Castro

Ricardo Cravo Albin

Sérgio Augusto

Sérgio Rodrigues

Silviano Santiago

Bem-Te-Vi Produções Literárias Ltda. ©

Proibida toda a forma de reprodução.

Pedro Landim 2004 ©
José Joaquim Salles 2004 ©
Tomás Salles 2004 ©
Bem-Te-Vi Produções Literárias Ltda. 2004 ©

Todos os direitos reservados à Bem-Te-Vi Produções Literárias Ltda.
Av. Pres. Wilson 231, 10° andar Centro Rio de Janeiro RJ CEP 20030-021
Tel. 21 3804 8678 Fax . 21 3804 8670
E-mail: bem-te-vi@bem-te-vi.net

www.editorabemtevi.com.br

CIP-BRASIL CATALOGAÇÃO-NA-FONTE
SINDICATO NACIONAL DOS EDITORES DE LIVROS, RJ.

B875n

Brito, Antonio Carlos de, 1944-1987
Na Corda bamba
/ Cacaso ; desenhos José Joaquim de Salles e Tomás Salles ; prefácio de Heloisa Buarque de Hollanda. - Rio de Janeiro : Bem-Te-Vi, 2004
100p, : il.

Inclui bibliografia
ISBN 85-88747-07-3

1. Poesia brasileira.
I. Título.

04-1874. *CDD 869.91*
CDU 821.134.3(B1) - 1

007056
21.07.04 *26.07.04*

Impresso em 2004 pela gráfica Pancrom indústria gráfica para a editora Bem-Te-Vi. Tiragem de 2000 exemplares. Miolo em papel couché fosco 170 gr/m². Capa em couché fosco 210 gr/m² com laminação fosca. Produção gráfica Gustavo Franck.